I0526736

(À conserver)

414

ÉDITION DE BIBLIOPHILE

J.-K. HUYSMANS

A VAU-L'EAU

Eau-forte de Am. Lynen

BRUXELLES
HENRY KISTEMAECKERS, Editeur
Tous droits absolument réservés.

MDCCCLXXXII

A VAU-L'EAU

50 1/2

45756

J.-K. HUYSMANS

A VAU-L'EAU

Eau-forte de Am. Lynen

ACQUISITION
№ 128.271

BRUXELLES

Henry KISTEMAECKERS, Éditeur

25, rue Royale, 25

MDCCCLXXXII

A VAU-L'EAU

I

E garçon mit sa main gauche sur la hanche, appuya sa main droite sur le dos d'une chaise et il se balança sur un seul pied, en pinçant les lèvres.

— Dàme, ça dépend des goûts, dit-il; moi, à la place de monsieur, je demanderais du Roquefort.

— Eh bien, donnez-moi un Roquefort.

Et M. Jean Folantin, assis devant une table encombrée d'assiettes où se figeaient des rogatons et de bouteilles vides dont le cul estampillait d'un cachet bleu la nappe, fit la moue, ne doutant pas qu'il allait manger un désolant fromage ; son attente ne fut nullement déçue ; le garçon apporta une sorte de dentelle blanche marbrée d'indigo, évidemment découpée dans un pain de savon de Marseille.

M. Folantin chipota ce fromage, plia sa serviette, se leva, et son dos fut salué par le garçon qui ferma la porte.

Une fois dehors, M. Folantin ouvrit son parapluie et pressa le pas. Aux lames aiguës du froid vous rasant les oreilles et le nez, avaient succédé les fines lanières d'une pluie battante. L'hiver glacial et dur qui sévissait depuis trois jours sur Paris se détendait et les neiges amollies coulaient, en clapotant, sous un ciel gonflé, comme noyé d'eau.

M. Folantin galopait maintenant, songeant au feu qu'il avait allumé, chez lui, avant que d'aller se repaître dans son restaurant.

A dire vrai, il n'était pas sans craintes; par extraordinaire ce soir-là, la paresse l'avait empêché de réédifier, de fond en comble, le bûcher préparé par son concierge. Le coke est si difficile à prendre, songeait-il; et il grimpa, quatre à quatre, ses escaliers, entra, et il n'aperçut, dans la cheminée, aucune flamme.

— Dire qu'il n'existe pas de femmes de ménage, pas de portiers qui sachent apprêter un feu, grogna-t-il, et il mit sa bougie sur le tapis et, sans se déshabiller, le chapeau sur la tête, il renversa la grille, l'emplit à nouveau, méthodiquement, ménageant dans sa construction des prises d'air. Il baissa la trappe, consuma des allumettes et du papier et il se dévêtit.

Soudain, il soupira, car il arrachait à sa lampe de profonds rots.

— Allons, bon, il n'y a pas d'huile! Ah bien, en voilà une autre, c'est complet maintenant; et il considéra, navré, la mèche qu'il venait de lever, une mèche éventée et jaune, à la couronne calcinée et tailladée de dents noires.

— Cette vie est intolérable, se dit-il, en cherchant des ciseaux ; tant bien que mal, il répara son éclairage, puis il se jeta dans un fauteuil et s'abîma dans ses réflexions.

La journée avait été mauvaise ; depuis le matin, il broyait du noir ; le chef du bureau où il était commis, depuis vingt ans, lui avait, sans politesse, reproché son arrivée plus tardive que de coutume.

M. Folantin s'était rebiffé et, tirant son oignon : « onze heures juste », avait-il dit d'un ton sec.

Le chef avait à son tour extrait de sa poche un puissant remontoir.

— Onze vingt, avait-il riposté, je

1.

vais comme la Bourse et, d'un air
méprisant, il avait consenti à excu-
ser son employé, en s'apitoyant sur
l'antique horlogerie qu'il exhibait.

M. Folantin vit, dans cette ironi-
que manière de le disculper, une
allusion à sa pauvreté et il répliqua
vivement à son supérieur qui, n'ac-
ceptant plus alors les écarts séniles
d'une montre, se redressa et, dans
des termes comminatoires, reprocha
de nouveau à M. Folantin d'être
inexact.

La séance, mal commencée, avait
continué d'être insupportable. Il
avait fallu, sous un jour louche sa-
lissant le papier, copier d'interminables lettres, tracer de volumineux
tableaux et écouter, en même temps,
les bavardages du collègue, un petit

vieux qui, les mains dans les poches, s'écoutait parler.

Celui-là récitait tout entier. le journal et il l'allongeait encore par des jugements de son crû, ou bien il blâmait les formules des rédacteurs et il en citait d'autres qu'il eût été heureux de voir substituer à celles qu'il expédiait; et il entremêlait ces observations de détails sur le mauvais état de sa santé qu'il déclarait s'améliorer un tantinet pourtant, grâce au constant usage de l'onguent populéum et aux ablutions répétées d'eau froide.

A écouter ces intéressants propos, M. Folantin finissait par se tromper; les raies de ses états gôdaient et les chiffres couraient à la débandade, dans les colonnes; il avait dû gratter des pages, surcharger des lignes, en pure perte d'ailleurs, car le chef lui avait retourné son travail, avec ordre de le refaire.

Enfin, la journée s'était terminée et, sous le ciel bas, au milieu des rafales, M. Folantin avait dû piétiner dans des parfaits de fange, dans des sorbets de neige, pour atteindre son logis et son restaurant, et voilà que, pour comble, le dîner était exécrable et que le vin sentait l'encre.

Les pieds gelés, comprimés dans des bottines raccornies par l'ondée et par les flaques, le crâne chauffé à blanc par le bec de gaz qui sifflait au-dessus de sa tête, M. Folantin avait à peine mangé et maintenant la guigne ne le lâchait point, son' feu hésitait, sa lampe charbonnait, son tabac était humide et s'éteignait, mouillant le papier à cigarette de jus jaune.

Un grand découragement le poigna ; le vide de sa vie murée lui apparut, et, tout en tisonnant le coke avec son poker, M. Folantin, penché en avant sur son fauteuil, le front sur le rebord de la cheminée, se mit à parcourir le chemin de croix de ses quarante ans, s'arrêtant, désespéré, à chaque station.

Son enfance n'avait pas été des plus prospères ; de père en fils, les Folantin étaient sans le sou ; les annales de la famille signalaient bien, en remontant à des dates éloignées, un Gaspard Folantin qui avait gagné dans le commerce des cuirs

presqu'un million; mais la chronique
ajoutait qu'après avoir dévoré sa
fortune, il était mort insolvable;
le souvenir de cet homme était
vivace chez ses descendants qui le
maudissaient, le citaient à leurs
fils comme un exemple à ne pas
suivre et les menaçaient continuel-
lement de mourir comme lui sur la
paille, s'ils fréquentaient les cafés
ou couraient les femmes.

Toujours est-il que Jean Folantin
était né dans de désastreuses conditions; le jour où la gésine de sa
mère prit fin, son père possédait
pour tout bien un dizain de petites
pièces blanches. Une tante qui, sans
être sage-femme, était experte à ce
genre d'ouvrage, dépota l'enfant, le
débarbouilla avec du beurre et, par

économie, lui poudra les cuisses, en guise de lycopode, avec de la farine râclée sur la croûte d'un pain. — Tu vois, mon garçon, que ta naissance fut humble, disait la tante Eudore, qui l'avait mis au courant de ces petits détails, et Jean n'osait espérer déjà, pour plus tard, un certain bien-être.

Son père décéda très jeune et la boutique de papeterie qu'il exploitait rue du Four fut vendue pour liquider les dettes nécessitées par la maladie ; la mère et l'enfant se trouvèrent sur le pavé. Madame Folantin se plaça chez les autres et devint demoiselle de magasin, puis caissière dans une lingerie et l'enfant devint pensionnaire dans un lycée ; bien que madame Folan-

tin fut dans une situation réellement
malheureuse, elle obtint une bourse
et elle se priva de tout, économi-
sant sur ses maigres mois, afin de
pouvoir parer plus tard aux frais
des examens et des diplômes.

Jean se rendit compte des sacri-
fices que s'imposait sa mère et il
travailla de son mieux, emportant
tous les prix, compensant aux yeux
de l'économe le mépris qu'inspirait
sa situation de pauvre hère, par des
succès au grand concours. C'était
un garçon très intelligent et, malgré sa jeunesse, déjà rassis. A voir
la misérable existence que menait
sa mère, enfermée du matin au soir,
dans une cage de verre, toussant,
la main devant la bouche, sur des
livres, demeurant timide et douce

dans l'insolent brouhaha d'un magasin plein d'acheteurs, il comprit qu'il ne fallait compter sur aucune clémence du sort, sur aucune justice de la destinée.

Aussi eut-il le bon sens de ne pas écouter les suggestions de ses professeurs qui le chauffaient en vue d'exhausser leur réputation et de gagner des grades et, tâchant d'arrache-pied, il passa son baccalauréat, après sa seconde.

Il lui fallait sans tarder une place qui allégeât le pesant fardeau que supportait sa mère ; il demeura longtemps sans en découvrir, car son aspect chétif ne prévenait pas en sa faveur et sa jambe gauche boîtait, par suite d'un accident survenu au collège, dans son enfance ;

2

enfin, la malechance sembla tour-
ner ; Jean concourut pour une
place d'employé dans un ministère
et il fut admis avec les appointements de quinze cents francs.

Quand son fils lui annonça cette
bonne nouvelle, Madame Folantin
sourit doucement : « Te voilà ton
maître, dit-elle, tu n'as plus besoin
de personne ; mon pauvre grand garçon, il était grand temps ». ; et en
effet, sa santé débile s'altérait de
jour en jour ; un mois après, elle
mourut des suites d'un gros rhume
gagné dans la cage ventilée où
elle demeurait, l'hiver comme l'été,
assise.

Jean resta seul ; la tante Eudore
était enterrée depuis longtemps ; ses
autres parents étaient ou dispersés

ou morts; il ne les avait d'ailleurs pas connus; c'est tout au plus s'il se souvenait du nom d'une cousine, actuellement en province, dans un monastère.

Il se fit quelques camarades, quelques amis, puis arriva le moment où les uns quittèrent Paris et où les autres se marièrent; il n'eut pas le courage de nouer de nouvelles liaisons et, peu à peu, il s'abandonna et vécut seul.

— C'est égal, la solitude est douloureuse, pensait-il maintenant, en remettant, un à un, des bouts de coke sur sa grille, et il songea à ses anciens camarades. Comme le mariage brisait tout! on s'était tutoyé, on avait vécu de la même existence, l'on ne pouvait se

passer les uns des 'autres et c'est
à peine si l'on se saluait à présent
lorsqu'on se rencontrait. L'ami marié
est toujours un peu embarrassé, car
c'est lui qui a rompu les relations,
puis il s'imagine aussi qu'on raille
la vie qu'il mène et enfin, il est, de
bonne foi, persuadé qu'il occupe
dans le monde un rang plus hono-
rable que celui d'un célibataire, se
disait M. Folantin, qui se rappelait
la gêne et un peu la morgue d'anciens camarades entrevus depuis
leur mariage. Tout cela, c'est bien
bête! et, il sourit, car le souvenir
de ces compagnons de jeunesse le
ramenait forcément au temps où il
les fréquentait.

Il avait vingt-deux ans alors et tout
l'amusait. Le théâtre lui apparaissait

comme un lieu de délices, le café comme un enchantement, et Bullier, avec ses filles cabrant le torse, au son des cymbales et chahutant, le pied en l'air, l'allumait, car, dans son ardeur, il se les figurait déshabillées et voyait sous les pantalons et sous les jupes la chair se mouiller et se tendre. Tout un fumet de femme montait dans des tourbillons de poussière et il restait là, ravi, enviant les gens en chapeaux mous qui cavalcadaient en se tapant sur les cuisses. Lui boitait, était timide, et n'avait pas d'argent. N'importe, ce supplice était doux, puis de même que bien des pauvres diables, un rien le contentait. Un mot jeté au passage, un sourire lancé par dessus l'épaule, le rendaient joyeux et, en

rentrant chez lui, il rêvait à ces
femmes et s'imaginait que celles-là
qui l'avaient regardé et qui lui
avaient souri, étaient meilleures
que les autres.

Ah! si ses appointements avaient
été plus élevés! — Dépourvu d'argent comme il l'était, ne pouvant
prétendre à lever des filles dans un
bal, il s'adressait aux affûts des cor-
ridors, aux malheureuses dont le
gros ventre bombe au ras du trottoir; il plongeait dans les couloirs
tâchant de distinguer la figure perdue dans l'ombre; et la grossièreté
de l'enluminure, l'horreur de l'âge,
l'ignominie de la toilette et l'abjec-
tion de la chambre ne l'arrêtaient
point. Ainsi que dans ces gargotes
où son bel appétit lui faisait dévorer

de basses viandes, sa faim charnelle
lui permettait d'accepter les rebuts
de l'amour. Il y avait même des
soirs où sans le sou, et par consé-
quent sans espoir de se satisfaire,
il traînait dans la rue de Buci, dans
la rue de l'Egoût, dans la rue du Dra-
gon, dans la rue Neuve-Guillemin,
dans la rue Beurrière, pour se
frotter à de la femme ; il était heureux d'une invite, et, quand il connaissait une de ces raccrocheuses,
il causait avec elle, échangeait le
bonsoir, puis il se retirait, par dis-
crétion, de peur d'effaroucher la
pratique, et il aspirait après la fin
du mois, se promettant, dès qu'il
aurait touché son traitement, des
bonheurs rares.

Le beau temps ! — et dire que

maintenant qu'il était un peu plus riche, maintenant qu'il pouvait goûter à de meilleures pâtures et s'épuiser sur des couches plus fraîches, il n'avait plus envie de rien ! L'argent était arrivé trop tard, alors qu'aucun plaisir ne le séduisait.

Mais une période intermédiaire avait existé, entre celle où ces turbulences du sang le bouleversaient et celle où, incurieux, presque impuissant, il restait là, chez lui, dans un fauteuil, auprès du feu. Vers les vingt-sept ans, le dégoût l'avait pris des femmes en carte, éparses dans son quartier ; il avait désiré un peu de cajolerie, un peu de caresse; il avait rêvé de ne plus se précipiter à la hâte sur un divan, mais bien de temporiser et de s'asseoir. Comme ses ressources l'obligeaient à n'entretenir aucune fille, comme il était malingre et ne possédait aucun talent de société, aucune gaîté libertine, aucun bagou, il avait pu, tout à son aise, réfléchir sur la bonté d'une Providence qui donne argent, honneur, santé, femmes, tout aux uns et rien aux autres. Il avait dû se contenter encore de banales dînettes, mais comme il payait davantage, il était expédié dans des salles plus propres et dans des linges plus blanc.

Une fois, il s'était cru heureux ; il avait fait connaissance d'une fillette qui travaillait; celle-là lui avait bien distribué des à peu près de tendresse, mais, du soir au lendemain, sans motifs, elle l'avait lâché, lui laissant un souvenir dont il eut de la peine à se guérir; il frémissait, se rappelant cette époque de souffrances où il fallait quand même aller à son bureau et quand même marcher. Il est vrai qu'il était encore jeune et qu'au lieu de s'adresser au premier médecin venu, il avait eu recours aux charlatans, sans tenir compte des inscriptions qui rayaient leurs affiches dans les rambuteaux, des inscriptions véridiques comme celle-ci : « remède dépuratif... » oui, pour la bourse, — menaçantes comme celle-là : « on perd ses cheveux », philosophiques et résignées comme cette autre : « vaut encore mieux coucher avec sa femme » — et, partout, l'adjectif gratuit accolé au mot traitement était biffé, creusé, ravagé à coups de couteaux, par des gens qu'on sentait avoir accompli cette besogne avec conviction et avec rage.

Maintenant les amours étaient bien finies, les élans bien réprimés; aux halètements, aux fièvres, avaient succédé une continence, une paix profondes; mais aussi quel abominable vide s'était creusé dans son existence depuis le moment où les questions sensuelles n'y avaient plus tenu de place!

Tout cela ce n'est pas risible, pensait M. Folantin, en hochant la tête et il ajoura son feu. - - On gèle ici, murmura-t-il, c'est dommage que le bois soit si cher, quelles belles flambes on ferait! — et cette réflexion l'amena à songer au bois qu'on leur distribuait à gogo, au ministère, puis à l'administration elle-même et enfin à son bureau.

Là encore, ses illusions avaient été de courte durée. Après avoir cru qu'on arrivait à des positions supérieures par la bonne conduite et le travail, il s'aperçut que la protection était tout ; les employés nés en province étaient soutenus par leurs députés et ils arrivaient quand même. Lui était né à Paris, il n'était aidé par aucun personnage, il demeura simple expéditionnaire et il copia et recopia, pendant des années, des monceaux de dépêches, traça d'innombrables barres de jonction, bâtit des masses d'états, répéta, des milliers de fois, les inva-

riables salutations des protocoles;
à ce jeu, son zèle se refroidit et
maintenant, sans attente de gra-
tifications, sans espoir d'avance-
ments, il était peu diligent et peu
dévoué.

Avec ses 237 fr. 40 c. par mois,
jamais il n'avait pu s'installer dans
un logement commode, prendre une
bonne, se régaler, les pieds au chaud,
dans des pantoufles; un essai malheureux tenté, un jour de lassitude,
en dépit de toute vraisemblance, de
tout bon sens, avait été d'ailleurs
décisif et, au bout de deux mois, il
avait dû naviguer de nouveau, au
travers des restaurants, s'estimant
encore satisfait d'être débarrassé
de sa femme de ménage, madame
Chabanel, une vieillesse haute de six

pieds, aux lèvres velues et aux yeux obscènes plantés au-dessus de bajoues flasques. C'était une sorte de vivandière qui bâfrait comme un roulier et buvait comme quatre; elle cuisinait mal et sa familiarité dépassait les bornes du possible. Elle posait les plats, bout-ci, bout-là, sur la table, puis s'asseyait en face de son maître, faisait chapelle sous ses jupes et roussinait, en rigolant, le bonnet de côté et les mains aux hanches.

Impossible d'être servi; mais M. Folantin eut peut-être encore supporté cet humiliant sans-gêne, si cette étonnante dame ne l'avait dévalisé ainsi que dans un bois; les gilets de flanelle et les chaussettes disparaissaient, les savates deve-

naient introuvables, les alcools se
volatilisaient, les allumettes même
brûlaient toutes seules.

Il avait pourtant fallu mettre un
terme à cet état de choses ; aussi,
M. Folantin rassembla son courage
et de peur que cette femme ne le
pillât complétement pendant son
absence, il brusqua la scène et,
un soir, séance tenante, il la con-
gédia.

Madame Chabanel devint cra-
moisie et sa bouche béa, vidée de
dents ; puis elle se mit à gigoter et
à battre de l'aile lorsque M. Folantin dit d'un ton aimable : — Puisque
je ne mangerai plus désormais chez
moi, je préfère vous faire profiter
des provisions qui restent plutôt
que de les perdre, nous allons donc,

si vous le voulez bien, les passer en revue, ensemble.

Et alors il avait ouvert les armoires.

— Ça, c'est un sac de café et cette bouteille contient de l'eau-de-vie, n'est-ce pas ?

— Oui, Monsieur, c'en est, avait gémi Madame Chabanel.

— Eh bien, c'est bon à conserver et je la garde, disait M. Folantin, et ainsi de tout ; la mère Chabanel n'héritait en fin de compte que de deux sous de vinaigre, d'une poignée de sel gris et d'un petit verre d'huile à lampe.

— Ouf! s'était écrié M. Folantin, alors que cette femme descendait l'escalier, en trébuchant contre les marches ; mais sa joie s'était vite éteinte; depuis ce temps-là, son intérieur avait marché tout de guingois. La veuve Chabanel avait été remplacée par le concierge, qui trépignait le lit de coups de poings et apprivoisait les araignées, dont il ménageait les toiles.

Depuis ce temps, la victuaille avait été aussi invraisemblable qu'indécise; les stations chez les nourrisseurs du quartier n'avaient plus cessé et son estomac s'était rouillé; la période des eaux de Saint-Galmier et des eaux de Seltz, de la moutarde masquant le goût faisandé des viandes et attisant la froide lessive des sauces, était venue.

A force d'évoquer toute la sequelle de ces souvenirs, M. Folantin tomba

dans une affreuse mélancolie. Il
avait subi vaillamment, depuis des
années, la solitude, mais ce soir-là,
il s'avoua vaincu ; il regretta de ne
pas s'être marié et il retourna contre
lui les arguments qu'il débitait quand
il prêchait le célibat pour les gens
pauvres. — Eh bien, quoi? les enfants,
on les élèverait, on se serrerait un
peu plus le ventre. — Parbleu, je
ferais comme les autres, je m'attel-
lerais à des copies, le soir, pour que
ma femme fût mieux mise ; nous
mangerions de la viande le matin
seulement et, de même que la plupart des petits ménages, nous nous
contenterions au dîner d'une assiet-
tée de soupe. Qu'est-ce que toutes
ces privations à côté de l'existence
organisée, de la soirée passée entre

son enfant et sa femme, de la nourriture peu abondante mais vraiment saine, du linge raccommodé, du linge blanchi et rapporté à des heures fixes? — Ah! le blanchissage, quel aria pour un garçon! — on me visite quand on a le temps et l'on m'apporte des chemises molles et bleues, des mouchoirs en loques, des serviettes en pièces, des chaussettes criblées de trous comme des écumoires et l'on se fiche de moi lorsque je me fâche!—Et puis, comment tout cela finira-t-il, à l'hospice ou à la maison Dubois, si la maladie se prolonge; ici, invoquant la pitié d'une garde-malade, si la mort est prompte.

Trop tard... plus de virilité, le mariage est impossible.Décidément, j'ai raté ma vie. — Allons, ce que j'ai de mieux à faire, soupira M. Folantin, c'est encore de me coucher et de dormir. — Et, pendant qu'il ouvrait ses couvertures, et disposait ses oreillers, des actions de grâces s'élevèrent dans son âme, célébrant les pacifiants bienfaits du secourable lit.

II

Ni le lendemain, ni le sur-
lendemain, la tristesse de
M. Folantin ne se dissipa;
il se laissait aller à vau-l'eau, incapable de réagir contre ce spleen qui
l'écrasait. Mécaniquement, sous le
ciel pluvieux, il se rendait à son
bureau, le quittait, mangeait et se
couchait à neuf heures pour recommencer, le jour suivant, une
vie pareille; peu à peu, il glissait à
un alourdissement absolu d'esprit.

Puis, il eut, un beau matin, un

réveil. Il lui sembla qu'il sortait
d'une léthargie ; le temps était clair
et le soleil frappait les vitres damas-
quinées de givre ; l'hiver reprenait,
mais lumineux et sec ; M. Folantin
se leva, en murmurant : fichtre, ça
pince ! il se sentait tout ragaillardi.
Ce n'est pas tout cela, il s'agirait de
trouver un remède aux attaques
d'hypocondrie, se dit-il.

Après de longues délibérations,
il se décida à ne plus vivre ainsi
enfermé et à varier ses restaurants.
Seulement, si ces résolutions étaient
faciles à concevoir, elles étaient,
en revanche, difficiles à mettre en
pratique. Il demeurait rue des
Saints-Pères et les restaurants
manquaient. Le vie arrondissement
était impitoyable au célibat. Il fal-

lait être ordonné prêtre pour trouver des ressources, des dîners spé-
ciaux dans des tables d'hôtes
réservées aux ecclésiastiques, pour
vivre dans ce lacis de rues qui enve-
loppent l'église de S*-Sulpice. Hors
la religion, point de mangeaille, à
moins d'être riche et de pouvoir
fréquenter des maisons huppées ;
M. Folantin ne remplissant pas ces
conditions, devait se borner à prendre ses repas chez les quelques traiteurs disséminés, çà et là, dans son
voisinage. Décidément il semblait
que cette partie de l'arrondissement
ne fût habitée que par des concubins
ou des gens mariés. Si j'avais le
courage de l'abandonner, soupirait
de temps à autre M. Folantin. Mais
son bureau était là, puis il y était

né, sa famille y avait con·tamment vécu; tous ses souvenirs tenaient dans cet ancien coin tranquille, déjà défiguré par des percées de nouvelles rues, par de funèbres boulevards, rissolés l'été et glacés l'hiver, par de mornes avenues qui avaient américanisé l'aspect du quartier et détruit pour jamais son allure intime, sans lui avoir apporté en échange des avantages de confortable, de gaîté et de vie.

Il faudrait traverser l'eau pour dîner, se répétait M. Folantin, mais un profond dégoût le saisissait dès qu'il franchissait la rive gauche; puis il avait peine à marcher avec sa jambe qui clochait, et il abominait les omnibus. Enfin, l'idée de faire des étapes le soir, pour cher-

cher pâture, l'horripila. Il préféra
tâter de tous les marchands de
vins, de tous les bouillons qu'il
n'avait pas encore visités, dans les
alentours de son domicile.

Et tout aussitôt il déserta le
gargot où il mangeait d'habitude ;
il hanta d'abord les bouillons, eut
recours aux filles dont les costumes
de sœur évoquent l'idée d'un réfectoire d'hôpital. Il y dîna quelques
jours, et sa faim déjà rabrouée
par les graillonnants effluves de la
pièce, se refusa à entamer des viandes insipides, encore affadies par
les cataplasmes des chicorées et des
épinards. Quelle tristesse déga-
geaient ces marbres froids, ces tables de poupées, cette immuable
carte, ces parts infinitésimales, ces

bouchées de pain ! Serrés, en deux
rangs placés en vis-à-vis, les clients
paraissaient jouer aux échecs, dis-
posant leurs ustensiles, leurs bouteilles, leurs verres, les uns au travers des autres, faute de places ; et,
le nez dans un journal, M. Folantin
enviait les solides mâchoires de ses
partners qui broyaient les filaments
des aloyaux dont les chairs fuyaient
sous la fourchette. Par dégoût des
viandes cuites au four, il se rabat-
tait sur les œufs ; il les réclamait
sur le plat et très cuits ; généralement on les lui apportait presque
crus et il s'efforçait d'éponger avec
de la mie de pain, de recueillir avec
une petite cuiller le jaune qui se
noyait dans des tas de glaires.
C'était mauvais, c'était cher et sur-

tout c'était attristant. En voilà
assez, se dit M. Folantin, essayons
d'autre chose.

Mais partout il en était de même;
les inconvénients variaient en même
temps que les râteliers ; chez les
marchands de vins distingués, la
nourriture était meilleure, le vin
moins âpre, les parts plus copieu-
ses, mais en thèse générale, le repas durait deux heures, le garçon
étant occupé à servir les ivrognes
postés en bas devant le comptoir;
d'ailleurs, dans ce déplorable quartier, la boustifaille se composait
d'un ordinaire, de côtelettes et de
beefstecks qu'on payait bon prix
parce que, pour ne pas vous mettre avec les ouvriers, le patron
vous enfermait dans une salle à

part et allumait deux branches de gaz.

Enfin, en descendant plus bas, en fréquentant les purs mannezingues ou les bibines de dernier ordre, la compagnie était répulsive et la saleté stupéfiante; la carne fétidait, les verres avaient des ronds de bouches encore marqués, les couteaux étaient dépolis et gras et les couverts conservaient dans leurs filets le jaune des œufs mangés.

M. Folantin se demanda si le changement était profitable, attendu que le vin était partout chargé de litharge et coupé d'eau de pompe, que les œufs n'étaient jamais cuits comme on les désirait, que la viande était partout privée de suc, que les légumes cuits à l'eau res-

semblaient aux vestiges des maisons
centrales ; mais il s'entêta ; à force
de chercher, je trouverai peut-être,
et il continua à rôder par les
cabarets, par les crêmeries ; seulement, au lieu de se débiliter, sa
lassitude s'accrut, surtout quand,
descendant de chez lui, il aspirait
dans les escaliers, l'odeur des potages , il voyait des raies de
lumière sous les portes, il rencontrait des gens venant de la cave,
avec des bouteilles, il entendait des
pas affairés courir dans les pièces ;
tout, jusqu'au parfum qui s'échappait de la loge de son concierge,
assis, les coudes sur la table, et la
visière de sa casquette ternie par la
buée montant de sa jatte de soupe,
avivait ses regrets. Il en arrivait

4.

presque à se repentir d'avoir balayé
la mère Chabanel, cet odieux cent-
garde — « Si j'avais eu les moyens,
je l'aurais gardée, malgré ses déso-
lantes mœurs, se dit-il. »

Et il se désespérait, car à ses ennuis moraux se joignait maintenant
le délabrement physique. A force
de ne pas se nourrir, sa santé, déjà
frêle, chavirait. Il se mit au fer,
mais toutes les préparations mar-
tiales qu'il avala lui noircirent, sans
résultat appréciable, les entrailles.
Alors il adopta l'arsenic, mais le
Fowler lui éreinta l'estomac et ne
le fortifia point; enfin il usa, en
dernier ressort, des quinquinas qui
l'incendièrent; puis il mêla le tout,
associant ces substances les unes
aux autres, ce fut peine perdue;

ses appointements s'y épuisaient ;
c'étaient chez lui des masses de
boîtes, de topettes, de fioles, une
pharmacie en chambre, contenant
tous les citrates, les phosphates, les
proto-carbonates, les lactates, les
sulfates de protoxyde, les iodures et
proto-iodures de fer, les liqueurs de
Pearson, les solutions de Devergie,
les granules de Dioscoride, les pi-
lules d'arséniate de soude et d'arséniate d'or, les vins de gentiane et
de quinium, de coca et de colombo!

Dire que tout cela c'est de la
blague et que d'argent perdu ! soupirait M. Folantin, en regardant
piteusement ces vains achats, et,
bien qu'il n'eût pas voix au chapitre, le concierge était de cet avis;
seulement il époussetait la chambre,

plus mal encore, sentant son mépris d'homme robuste s'accroître pour ce locataire étique qui ne vivait plus qu'en avalant des drogues.

En attendant, l'existence de M. Folantin persistait à être monotone. Il n'avait pu se décider à rentrer à son premier restaurant; une fois, il était allé jusqu'à la porte, mais, arrivé là, l'odeur des grillades et la vue d'une bassine de crème violette au chocolat, l'avaient fait fuir. Il alternait marchands de vins et bouillons et, un jour par semaine, il s'échouait dans une fabrique de bouillabaisse. Le potage et le poisson étaient passables; mais il ne fallait point réclamer d'autre pitance, les viandes étant ratatinées comme des semelles de bottes et tous les plats dégageant l'âcre goût des huiles à lampes.

Pour se raiguiser l'appétit, encore émoussé par les abjects apéritifs des cafés : — les absinthes puant le cuivre; les vermouths : la vidange des vins blancs aigris; les madères : le trois-six coupé de caramel et de mélasse; les malagas : les sauces des pruneaux au vin; les bitters : l'eau de Botot à bas prix des herboristes ; — M. Folantin essaya d'un excitant qui lui réussissait dans son enfance; tous les deux jours, il se rendit aux bains. Cet exercice lui plaisait surtout parce qu'ayant deux heures à tuer, entre la sortie de son bureau et son repas, il évitait ainsi de rentrer chez lui, de demeurer tout botté, tout ha-

billé, consultant sa pendule, attendant l'heure du dîner. Et, les premières fois, ce furent des moments
délicieux. Il se blottissait dans l'eau
chaude, s'amusait à soulever avec
ses doigts des tempêtes et à creuser
des maelstroms. Doucement, il s'assoupissait, au bruit argentin des
gouttes tombant des becs de cygnes
et dessinant de grands cercles qui
se brisaient contre les parois de la
baignoire; tressautant, alors que
des coups furieux de sonnettes par-
taient dans les couloirs, suivis de
bruits de pas et de claquements de
portes. Puis le silence reprenait
avec le doux clapotis des robinets,
et toutes ses détresses fuyaient à la
dérive; dans la cabine, voilée d'une
vapeur d'eau, il rêvassait et ses

pensées s'opalisaient avec la buée, devenaient affables et diffuses. Au fond, tout était pour le mieux; il s'embêtait, Eh! mon Dieu, chacun n'a-t-il pas ses ennuis? Il avait, dans tous les cas, évité les plus douloureux, les plus poignants, ceux du mariage. Il fallait que je fusse bien bas, le soir où j'ai pleuré sur mon célibat, se dit-il. Voyez-vous cela, moi, qui aime tant à m'étendre, en chien de fusil, dans les draps, forcé de ne pas bouger, de subir le contact d'une femme, à toutes les époques, de la contenter alors que je souhaiterais simplement de dormir!

Et encore, si l'on ne procréait aucun enfant! si la femme était vraiment stérile ou bien adroite, il n'y

aurait que demi mal! — mais,
est-on jamais sûr de rien! et alors ce
sont de perpétuelles nuits blanches,
d'incessantes inquiétudes. Le gosse
braille, un jour, parce qu'il lui
pousse une quenotte; un autre jour,
parce qu'il ne lui en pousse pas; ça
pue le lait sûr et le pipi, par toute
la chambre; enfin, il faudrait au
moins tomber sur une femme aimable, sur une bonne fille; oui, va-t-
en voir si elles viennent, Jean; avec
ma déveine coutumière, j'aurais
épousé une pimbêche, une petite
chipie, qui m'aurait intarissable-
ment reproché les gênes utérines
survenues après ses couches.

Non, il faut être juste: chaque
état a ses inquiétudes et ses tracas;
et puis, c'est une lâcheté lorsqu'on

n'a pas de fortune que d'enfanter des mioches ! — C'est les vouer au mépris des autres quand ils seront grands ; c'est les jeter dans une dégoûtante lutte, sans défense et sans armes ; c'est persécuter et châtier des innocents à qui l'on impose de recommencer la misérable vie de leur père. — Ah ! au moins, la génération des tristes Folantin s'éteindra avec moi !— Et, consolé, M. Folantin lappait sans se plaindre, une fois sorti du bain, l'eau de vaisselle de son bouillon, et déchiquetait l'amadou mouillé de sa viande.

Tant bien que mal, il atteignit la fin de l'hiver et la vie devint plus indulgente ; l'intimité des intérieurs cessait et M. Folantin ne regretta

plus si vivement les douillettes som-
nolences au coin du feu; ses pro-
menades le long des quais recom-
mencèrent.

Déjà les arbres se dentelaient de
petites feuilles jaunes; ; la Seine
réverbérant l'azur pommelé du ciel,
coulait avec de grandes plaques
bleues et blanches que coupaient, en
les brouillant d'écume, les bateaux-
mouches. Le décor environnant
semblait requinqué. Les deux im-
menses portants, représentant, l'un,
le pavillon de Flore et toute la fa-
çade du Louvre; l'autre, la ligne
des hautes maisons jusqu'au Palais
de l'Institut, avaient été ranimés et
comme repeints et la toile du fond,
de nouveau tendue, découpait sur
un outremer adouci, tout neuf, les

poivrières du Palais de Justice, l'aiguille de la Sᵗᵉ-Chapelle, la vrille et les tours de Notre-Dame.

M. Folantin adorait cette partie du quai, comprise entre la rue du Bac et la rue Dauphine; il choisissait un cigare, dans le débit de tabac situé près de la rue de Beaune, et il musait, à petits pas, allant un jour à gauche, fouillant les boîtes des parapets, et un autre jour à droite, consultant les rayons, en plein vent, des livres en boutique.

La plupart des volumes entassés dans les caisses, étaient des rancarts de librairie, des rossignols sans valeur, des romans morts-nés, mettant en scène des femmes du grand monde, racontant, dans un langage de pipelette, les accidents de l'amour tragique, les duels, les assassinats et les suicides; d'autres soutenaient des thèses, attribuaient tous les vices aux gens titrés, toutes les vertus aux gens du peuple; d'autres enfin poursuivaient un but religieux; ils étaient revêtus de l'approbation de Monseigneur un tel, et ils délayaient des cuillerées d'eau bénite dans le mucilage d'une gluante prose.

Tous ces romans avaient été rédigés par d'incontestables imbéciles et M. Folantin filait vite, ne reprenant haleine que devant les volumes de vers qui battaient de l'aile à toutes les brises. Ceux-là étaient moins dépiotés et moins souillés, attendu que personne ne les ouvrait. Une charitable pitié venait à M. Fo-

lantin pour ces recueils délaissés.
Et il y en avait, il y en avait! des
vieux datant de l'entrée de Maleka-
del dans la littérature, des jeunes,
issus de l'école d'Hugo, chantant le
doux Messidor, les bois ombreux,
les divins charmes d'une jeune personne qui, dans la vie privée, faisait
probablement la retape. Et tout cela
avait été lu en petit comité et les
pauvres écrivains s'étaient réjouis.
Mon Dieu! ils ne s'attendaient pas
à un retentissant succès, à une
vente populaire, mais seulement
à un petit bravo de la part des
délicats et des lettrés; et rien ne
s'était produit, pas même un peu
d'estime. Par ci, par là, une louange
banale dans une feuille de choux,
une ridicule lettre du Grand-Maître

5,

pieusement conservée, et ç'avait été tout.

Ce qu'il y a de plus triste, pensait M. Folantin, c'est que ces malheureux peuvent justement exécrer le public, car la justice littéraire n'existe pas ; leurs vers ne sont ni meilleurs, ni pires que ceux qui se sont vendus et qui ont mené leurs auteurs à l'Institut.

Tout en rêvant de la sorte, M. Folantin rallumait son cigare, reconnaissait les bouquinistes qui, bavards et hâlés, se tenaient comme l'année précédente, près de leurs boîtes. Il reconnaissait aussi les bibliomanes qui piétinaient, au dernier printemps, tout le long des parapets, et la vue de ces individus qu'il ne connaissait pas le charmait. Tous lui étaient sympathiques ; il devinait en eux de bons maniaques, de braves gens tranquilles, passant dans la vie, sans bruit, et il les enviait. Si j'étais comme eux, songeait-il ; et déjà, il avait tenté de les imiter, de devenir bibliophile. Il avait consulté des catalogues, feuilleté des dictionnaires, des publications spéciales, mais il n'avait jamais découvert de pièces curieuses et il devinait d'ailleurs que leur possession ne comblerait pas ce trou d'ennui qui se creusait lentement, dans tout son être. — Hélas ! le goût des livres ne s'apprenait pas, et puis, en dehors des éditions épuisées que ses faibles ressources lui interdisaient d'acheter, M. Folantin n'avait guère de volumes à se pro-

curer. Il n'aimait ni les romans de
cape et d'épée, ni les romans d'aventure; d'un autre côté, il abominait
le bouillon de veau des Cherbuliez
et des Feuillet; il ne s'attachait
qu'aux choses de la vie réelle; aussi
sa bibliothèque était restreinte, cinquante volumes en tout, qu'il savait
par cœur. Et ce n'était pas l'un de
ses moindres chagrins que cette
disette de livres à lire! En vain, il
avait essayé de s'intéresser à l'histoire, toutes ces explications compliquées de choses simples ne
l'avaient, ni captivé, ni convaincu.
Vaguement, il furetait, n'espérant
plus dépister un bouquin qu'il joindrait aux siens. Mais cette promenade le distrayait, puis, quand il
était las de remuer la poussière des

imprimés, il se penchait au-dessus des berges et la vue des bateaux aux coques goudronnées, aux cabines peintes en vert-poireau, au grand mât abattu sur le pont, lui plaisait; il demeurait là, enchanté, contemplant la cocotte mijotant sur un poêle de fonte, à l'air, l'éternel chien noir et blanc courant, la queue en trompette, le long des péniches; les enfants très blonds, assis près du gouvernail, les cheveux sur les yeux et les doigts dans la bouche.

Ce serait gai de vivre ainsi, pensait-il, souriant, malgré lui, de ces envies puériles, et il sympathisait même avec les pêcheurs à la ligne, immobiles, en rang d'oignons, séparés par des boîtes d'asticots les uns des autres,

Ces soirs-là, il se sentait plus dispos et plus vert. Il consultait sa montre et si l'heure du dîner était lointaine encore, il traversait la chaussée, suivait le trottoir qui faisait face à celui qu'il venait de quitter et il remontait le long des maisons. Il flânait, fouillonnant encore des livres dont les dos s'alignaient aux devantures des boutiques, s'extasiant sur d'anciennes reliures aux plats de maroquin rouge, estampés d'armes en or; mais celles-là étaient enfermées sous verre, comme des choses précieuses que des initiés pouvaient seuls toucher; et il repartait, examinait les magasins pleins de vieux chênes si bien réparés qu'ils ne conservaient plus un morceau du temps, les assiettes de vieux

Rouen fabriquées aux Batignolles,
les grands plats de Moustiers cuits à
Versailles, les tableaux d'Hobbéma,
le petit ru, le moulin à eau, la maison
coiffée de tuiles rouges, éventée par
un bouquet d'arbres enveloppé dans
un coup de lumière jaune; des tableaux étonnamment imités par un
peintre, entré dans la peau du vieux
Minderhout, mais incapable de s'as-
similer la manière d'un autre maître
ou de produire, de son crû, la moin-
dre toile; et M. Folantin essayait de
percer la profondeur des boutiques,
d'un coup d'œil au travers des portes; jamais il n'y voyait de chalands;
seule, une vieille femme était généralement assise, dans le pêle-mêle
des objets où elle s'était réservé une
niche, et, ennuyée, elle ouvrait la

bouche en un long bâillement qui se communiquait au chat campé sur une console.

C'est drôle tout de même, se disait M. Folantin, comme les marchandes du bric-à-brac changent. Les rares fois où j'ai cheminé au travers des quartiers de la rive droite, je n'ai jamais vu, dans les débits de bibelots, de bonnes vieilles dames comme celles-ci, mais j'ai toujours aperçu derrière les vitrines de belles et hautes gaillardes, de trente à quarante ans, soigneusement pommadées et la figure très travaillée au plâtre.

Une vague odeur de prostitution s'échappait de ces magasins où les œillades de la négociante devaient abréger les marchandages des ache-

teurs, — Allons, le bon enfant
disparaît ; d'ailleurs, les centres se
déplacent ; maintenant tous les
antiquaires, tous les vendeurs des
livres de luxe végètent dans ce quartier et ils fuient, dès que leurs baux
expirent, de l'autre côté du fleuve.
Dans dix ans d'ici, les brasseries et
les cafés auront envahi tous les rez-
de-chaussée du quai ! Ah ! décidément Paris devient un Chicago
sinistre ! — Et, tout mélancolisé,
M. Folantin se répétait : profitons
du temps qui nous reste avant la
définitive invasion de la grande
mufflerie du Nouveau-Monde ! —
Et il reprenait ses flânes, s'arrêtant
devant les marchands d'estampes aux
montres tendues d'images du XVIIIᵉ
siècle, mais au fond les gravures en

couleur de cette époque et les gravures à la manière noire anglaise
qui les flanquaient, dans la plupart
des étalages, ne le passionnaient
guère et il regrettait les estampes
de la vie intime flamande, maintenant reléguées dans les cartons, par
suite de l'engouement des collec-
tionneurs pour l'école française.

Quand il était las de baguenauder
devant ces boutiques, il entrait,
pour varier ses plaisirs, dans la
salle des dépêches d'un journal, une
salle garnie de dessins et de pein-
tures représentant des Italiennes
et des almées, des bébés embrassés
par des mères, des pages moyen-
âge grattant de la mandoline sous
des balcons, toute une série évidemment destinée à l'ornementation

des abat-jour, et il se détournait, passait, préférant encore regarder les photographies d'assassins, de généraux et d'actrices, de tous les gens qu'un crime, qu'un massacre ou qu'une chansonnette mettait pendant une semaine en évidence.

Mais ces exhibitions étaient, en somme, peu récréatives, et M. Folantin, gagnant la rue de Beaune, admirait davantage l'inébranlable appétit des cochers attablés chez des mastroquets et il prenait comme une prise de faim. Ces platées de bœuf reposant sur des lits épais de choux, ces haricots de mouton emplissant la petite et massive assiette, ces triangles de brie, ces verres pleins, lui communiquaient des fringales et ces gens aux joues gonflées

par d'énormes bouchées de pain,
aux grosses mains tenant un couteau la pointe on l'air, au chapeau
de cuir bouilli montant et descendant en même temps que les mâchoires, l'excitaient et il filait, tâchant
de conserver cette impression de
voracité pendant la route; malheu-
reusement dès qu'il s'installait dans
le restaurant, sa gorge se recroque-
villait, et il contemplait piteusement
sa viande, se demandant à quoi ser-
vait le quassia qui marinait, à son
bureau, dans une carafe.

Malgré tout, cette promenade
écartait les pensées trop sombres et
il écoula ainsi l'été, traînant le long
de la Seine, avant le dîner et, une fois
sorti de table, s'attablant à la porte
d'un café. Il fumait, humant un peu

de fraîcheur, et malgré le dégoût
que lui inspirait les bières de Vienne
fabriquées avec du chicotin et de
l'eau de buis, sur la route de Flan-
dre, il en lappait deux bocks, peu
désireux de se mettre au lit.

La journée même, pendant cette
saison, était moins lourde à vivre.
En manches de chemise, dans sa
pièce, il somnolait, entendant confu-
sément les histoires de son collègue,
se réveillant pour s'éventer avec
un almanach, travaillant le moins
possible, combinant des promena-
des. L'ennui de quitter, l'hiver,
son bureau chauffé, pour courir
au dehors, dîner les pieds trempés
et rentrer dans une chambre froide,
n'existait plus. Au contraire, il
éprouvait un soulagement en s'é-

chappant de sa pièce empuantie par
cette odeur de poussière et de renfermé que dégagent les cartons, les
liasses et les pots d'encre.

Enfin, son intérieur était mieux
tenu; le portier n'avait plus à préparer le feu et si le lit continuait à être
mal battu et pas bordé, peu importait, puisque M. Folantin couchait
nu sur les draps et les couvertures.

La pensée de s'étendre seul, par
ces nuits d'orage où l'on sue comme
dans une étuve, où l'on se retourne
dans des draps poissés, le réjouissait aussi. Je plains les gens qui
sont à deux, se disait-il, en roulant
sur le lit, à la recherche d'une place
plus fraîche. Et la destinée lui
semblait, à ces moments là, plus
hospitalière, moins rétive.

III

IENTOT les chaleurs acca-
blantes s'atténuèrent ; les
longues journées s'écour-
tèrent, l'air fraîchit, les ciels fai-
sandés perdirent leur bleu, se pelu-
chèrent comme de moisissure. L'automne revenait, ramenant les brouil-
lards et les pluies ; M. Folantin pré-
vit d'inexorables soirées et, effrayé,
il dressa de nouveau ses plans.

D'abord il se résolut à rompre
avec sa sauvagerie, à tâter des
tables d'hôtes, à se lier avec des

voisins d'assiettes, à fréquenter même les théâtres.

Il fut servi à souhait; il rencontra, un jour, sur le seuil de son bureau, un monsieur qu'il connaissait. Ils avaient, pendant un an, mangé côte-à-côte, se préservant, l'un l'autre, des mets défectueux ou gâtés, se prêtant le journal, discutant sur les vertus des fers différents qu'ils avalaient, buvant, pendant un mois, ensemble, de l'eau de goudron, émettant des pronostics sur les changements de temps, cherchant, à eux deux, des alliances diplomatiques pour la France.

Leurs relations s'étaient bornées là. Il se donnaient une poignée de main, se tournaient le dos une fois sur le trottoir, et cependant le départ de ce coreligionnaire avait attristé M. Folantin.

Ce fut avec plaisir qu'il l'aperçut.

— Tiens, M. Martinet, dit-il, et comment va?

— M. Folantin! bah! — et comment vous portez-vous, depuis les temps fous que nous ne nous sommes vus?

— Ah! vous êtes un joli lâcheur, riposta M. Folantin. Voyons, que diable, êtes-vous devenu?

Et ils avaient échangé leurs confidences. M. Martinet était maintenant l'hôte assidu d'une table d'hôte et il en fit immédiatement un chimérique éloge. Quatre-vingt-dix à cent francs, par mois; c'est propre, bien tenu, on en a à sa faim, on se

trouve en bonne compagnie. Vous
devriez venir dîner là ?

.— Je n'aime guère la table d'hôte,
disait M. Folantin ; je suis un peu
ours, vous le savez ; je ne puis me
décider à converser avec les gens
que je ne connais point.

— Mais, vous n'êtes pas forcé de
parler. Vous êtes chez vous. L'on
n'est pas tous autour d'une table,
c'est la même chose que dans un
restaurant. Tenez, essayez-en, venez
ce soir.

M. Folantin hésita ; il balançait
entre l'agrément de ne pas se repaître seul et la crainte que lui inspi-
raient les repas de corps.

— Allons ! vous n'allez pas refuser
insista M. Martinet. Je vais vous
traiter, à mon tour, de lâcheur si,

pour une fois que je vous rencontre, vous me laissez en plan.

M. Folantin eut peur d'être malhonnête et il suivit docilement son compagnon, au travers des rues.

— Nous y voici, montons — Et M. Martinet s'arrêta sur le palier, devant une porte à tambour vert.

Là sonnaient de grands bruits d'assiettes sur un bourdonnement ininterrompu de voix; puis la porte s'ouvrit et, en même temps qu'un violent hourvari, des gens en chapeau se précipitèrent dans l'escalier en battant la rampe avec leurs cannes.

M. Folantin et son camarade se garèrent, puis ils poussèrent à leur tour la porte et s'introduisirent

dans une salle de billards. M. Folantin, pris à la gorge, recula. Cette
pièce était noyée dans une épaisse
fumée de tabac, traversée par des
coups de queues; M. Martinet en-
traîna son invité dans une autre
pièce, où la buée était peut-être
plus intense encore, et çà et là,
dans des chants de pipes bouchées,
dans des écroulements de dominos,
dans des éclats de rire, des corps
passaient presqu'invisibles, devinés
seulement par le déplacement de
vapeur qu'ils opéraient. M. Folantin resta là, ahuri, cherchant à
tâtons une chaise.

M. Martinet l'avait quitté. Vaguement, dans un nuage, M. Folantin
l'aperçut, sortant d'une porte. Il
faut attendre un peu, dit M. Mar-

tinet, toutes les tables sont pleines ;
oh, ça ne sera pas long !

Une demi-heure s'écoula. M. Folantin eût donné bien des choses
pour n'avoir jamais mis le pied dans
cet estaminet, où l'on pouvait fumer, mais où l'on ne se nourrissait
pas. De temps à autre, M. Martinet s'échappait et allait s'assurer que les sièges étaient toujours occupés. Il y a deux messieurs qui sont au fromage, dit-il
d'un air satisfait, j'ai retenu leurs
places.

Une autre demi-heure s'écoula.
M. Folantin se demanda s'il ne ferait pas bien de se diriger vers
l'escalier tandis que son compagnon
guettait les tables. Enfin, M. Martinet revint, lui annonça le départ

des deux fromages et ils pénétrèrent dans une troisième pièce où ils s'assirent, serrés comme des harengs, dans une caque.

Sur la nappe tiède, dans les éclaboussures de sauce, dans les mies de pain, on leur jeta des assiettes, et l'on servit un bœuf coriace et résistant, des légumes fades, un rosbif dont les chairs élastiques pliaient sous le couteau, une salade et du dessert. Cette salle rappela à M. Folantin le réfectoire d'une pension, mais d'une pension mal tenue, où l'on laisse brailler à table. Il n'y manquait vraiment que les timbales au fond rougi par l'abondance, et l'assiette retournée pour étaler sur une place moins sale les pruneaux ou les confitures.

Certes, la pâture et le vin étaient misérables, mais ce qui était plus misérable que la pâture et plus misérable que le vin, c'était la compagnie au milieu de laquelle on mâchait, c'étaient les maigres servantes qui apportaient les plats, des femmes sèches, aux traits accentués et sévères, aux yeux hostiles. Une complète impuissance vous venait, en les regardant; on se sentait surveillé et l'on mangeait, découragé, avec ménagement, n'osant laisser les tirants et les peaux, de peur d'une semonce, appréhendant de reprendre d'un plat, sous ces yeux qui jaugeaient votre faim et vous la refoulaient au fond du ventre.

— Eh bien, que vous disais-je,

affirmait M. Martinet, c'est gai, n'est-ce pas ? et, ici, c'est de la vraie viande.

M. Folantin ne soufflait mot ; autour de lui, les tables vacarmaient avec un bruit terrible.

Toutes les races du midi emplissaient les siéges, crachaient et se vautraient, en mugissant. Tous les gens de la Provence, de la Lozère, de la Gascogne, du Languedoc, tous ces gens, aux joues obscurcies par des copeaux d'ébène, aux narines et aux doigts poilus, aux voix retentissantes, s'esclaffaient comme des forcenés, et leur accent, souligné par des géstes d'épileptiques, hachait les phrases et vous les enfournait, toutes broyées, dans le tympan.

Presque tous faisaient partie de

la jeunesse des écoles, de cette glorieuse jeunesse dont les idées subalternes assurent aux classes dirigeantes l'immortel recrutement de leur sottise, et M. Folantin voyait défiler devant lui tous les lieux communs, toutes les calembredaines, toutes les opinions littéraires surannées, tous les paradoxes usés par cent ans d'âge.

Il jugeait l'esprit des ouvriers plus délicat et celui des calicots plus fin. Avec cela, la chaleur était écrasante. Une vapeur couvrait les assiettes et voilait les verres ; les portes brusquement secouées envoyaient des exhalaisons de tabagie ; des troupeaux d'étudiants arrivaient encore et leur attente impatientée pressait les gens à table. De même que dans le buffet d'une gare, il fallait mettre les bouchées doubles, avaler son vin en toute hâte.

Ainsi, c'est là la fameuse table d'hôtes qui distribuait jadis la becquée aux débutants de la politique, songeait M. Folantin, et, la pensée que ces gens qui emplissaient les salles de leur bacchanal deviendraient à leur tour, de solennels personnages, gorgés et d'honneurs et de places, lui fit lever le cœur.

S'empiffrer de la charcuterie chez soi, et boire de l'eau, tout, excepté de dîner ici, se dit-il.

— Prenez-vous du café? demanda M. Martinet d'un ton aimable.

— Non, merci, j'étouffe, je vais respirer un peu. Mais, M. Martinet n'était pas disposé à le quitter. Il le rejoignit sur le palier et lui saisit le bras.

— Où me menez-vous, dit M. Folantin, découragé.

— Voyons, mon cher camarade, répondit M. Martinet, j'ai compris que ma table d'hôte ne vous plaisait guère...

— Mais si... mais si... pour le prix c'est même surprenant... seulement il faisait bien chaud, riposta timidement M. Folantin, qui craignait d'avoir blessé son hôte, par sa mine renfrognée et par sa fuite.

— Eh bien, nous ne nous voyons pas assez souvent pour que je veuille que vous vous sépariez de moi avec une mauvaise impression, fit M. Martinet, d'un ton cordial. A propos

comment allons-nous tuer la soirée?
Si vous aimiez le théâtre, je vous
proposerais d'aller à l'Opéra-Comique. — Nous avons le temps, dit-il,
en examinant sa montre. On joue ce
soir *Richard Cœur-de-Lion* et le
Pré-aux-Clercs. Hein, qu'en dites-
vous?

— Tout ce que vous voudrez. —
Après tout, pensa M. Folantin, peut-
être arriverai-je à me distraire, et
puis, comment refuser la proposition
de ce brave homme, dont j'ai déjà
froissé tous les enthousiasmes? —
Voulez-vous me permettre de vous
offrir un cigare, fit-il, en entrant
chez un marchand de tabac.

Ils s'épuisèrent en vain pour ac-
tiver la combustion de ces londrès,
qui avaient un goût de choux et ne

tiraient pas. — Encore un plaisir qui s'en va, se dit M. Folantin ; même en y mettant le prix, l'on ne peut plus se procurer maintenant un cigare propre ! — Nous ferons mieux d'y renoncer poursuivit-il en se tournant vers M. Martinet, qui aspirait de toutes ses forces sur le londrès dont la peau se crevait en fumant un peu. Du reste, nous voici arrivés ; — et il courut au guichet et rapporta deux stalles d'orchestre.

Richard commençait, dans une salle vide.

M. Folantin éprouva, pendant le premier acte, une impression étrange ; cette série de chansons pour épinettes lui rappelait le tourniquet à musique d'un marchand de vins qu'il avait quelquefois hanté. Lorsque les ouvriers mettaient en branle la manivelle, un clapotis d'airs vieillots sonnait, quelque chose de très lent et de très doux, avec de temps à autre des notes cristallines et aiguës, sautant sur le tapotement mécanique des ritournelles.

Au second acte, une autre impression lui vint. L'air « Une fièvre brûlante » évoqua en lui l'image de sa grand'mère, qui le chevrotait sur le velours d'Utrecht de sa bergère; et il eut, pendant une seconde, dans la bouche le goût des biscottes qu'elle lui donnait, tout enfant, lorsqu'il avait été sage.

Il finit par ne plus suivre du tout la pièce; d'ailleurs, les chanteurs n'avaient aucune voix et ils se bornaient à avancer des bouches rondes au-dessus de la rampe, tandis que l'orchestre s'endormait, las d'épousseter la poussière de cette musique.

Puis, au troisième acte, M. Folantin ne songea plus ni au tourniquet du marchand de vins, ni à sa grand'mère, mais il eut subitement dans le nez l'odeur d'une antique boîte qu'il avait chez lui, une odeur moisie, vague, dans laquelle était resté comme un relent de cannelle. Mon Dieu ! que tout cela était donc vieux !

— Joli opéra-comique, n'est-ce pas ? fit M. Martinet, en lui lançant un coup de coude.

M. Folantin tomba de son haut. Le charme était rompu ; ils se levèrent, pendant que la toile baissait, saluée par des salves de claque.

Le *Pré-aux-Clercs* qui succédait à *Richard*, atterra M. Folantin. Jadis, il s'était pâmé aux airs connus ; maintenant toutes ces romances lui semblaient troubadour et dessus de pendule, et les interprètes l'irritaient. Le ténor se tenait en scène comme un frotteur et il nasillait, quand par hasard il lui coulait de la bouche un filet de voix. Costumes, décors, tout était à l'avenant ; on eût sifflé dans n'importe quelle ville de l'étranger et de la province, car nulle part on n'eût supporté un chanteur aussi ridicule et des cantatrices aussi baroques. Et la salle s'était emplie pourtant, et le public applaudissait aux passages soulignés par l'implacable claque.

M. Folantin souffrait réellement.
Voilà que le *Pré-aux-Clercs*, dont il
avait conservé un bon souvenir, s'ef-
fondrait aussi.

— Tout fiche le camp, se dit-il,
avec un gros soupir.

Aussi, quand M. Martinet, enchanté de sa soirée, lui proposa de
renouveler de temps à autre ces
petites parties, d'aller ensemble,
s'il le désirait, aux Français, M. Folantin s'indigna et, oubliant les ré-
serves qu'il s'était promis d'obser-
ver, il déclara violemment qu'il ne
mettait plus les pieds dans ce théâtre.

— Mais pourquoi ? — questionna
M. Martinet.

— Pourquoi ? Mais d'abord,
parce que s'il existait une pièce vi-
vante et bien écrite — et je n'en

connais aucune pour ma part, — je
la lirais chez moi, dans un fauteuil,
et ensuite parce que je n'ai pas
besoin que des cabots, sans instruc-
tion pour la plupart, essaient de
me traduire les pensées du Monsieur
qui les a chargés de débiter sa mar-
chandise.

— Mais enfin, dit M. Martinet,
vous admettrez bien que les comé-
diens du Théâtre-Français.....

— Eux! s'écria M. Folantin,
allons donc ! ce sont des Vatel de
Palais-Royal, des sauciers, et voilà
tout! — Ils ne sont bons qu'à enduire
les portions qu'on leur apporte, de
l'immuable sauce blanche, s'il s'agit
d'une comédie, et de l'éternelle sauce
rousse, s'il s'agit d'un drame. Ils
sont incapables d'inventer une troi-

sième sauce ; d'ailleurs, la tradition ne le permettrait pas.

Ah ! ce sont de bien vulgaires routiniers que ces êtres-là ! — Seulement, il faut leur rendre justice, ils s'entendent à la réclame, car ils ont emprunté aux grands magasins d'habits l'homme décoré qui se tient bien en vue dans les rayons et qui rehausse par sa présence le prestige de la maison et attire la clientèle !

— Oh ! voyons, M. Folantin.....

— Il n'y a pas de voyons, c'est ainsi, et, au fond, je ne suis pas fâché de cette occasion qui se présente de donner mon avis sur le magasin de M. Coquelin. — Sur ce, cher Monsieur, me voici à destination. Je suis enchanté de notre rencontre. A bientôt, j'espère, et à l'avantage de vous revoir.

Les conséquences de cette soirée furent salutaires. Au souvenir de cette fatigue, de cette gêne, M. Folantin s'estimait content de dîner où bon lui semblait et de demeurer, pendant toute une soirée, dans sa chambre; il jugea que la solitude avait du bon, que ruminer ses souvenirs et se conter à soi-même des balivernes, était encore préférable à la compagnie de gens dont on ne partageait ni les convictions, ni les sympathies ; son désir de se rapprocher, de toucher le coude d'un voisin cessa et, une fois de plus, il se répéta cette désolante vérité : que lorsque les anciens amis ont disparu, il faut se résoudre à n'en point

chercher d'autres, à vivre à l'écart,
à s'habituer à l'isolement.

Puis il essaya de se concentrer,
de prendre de l'intérêt aux moindres choses, d'extraire de conso-
lantes déductions des existences re-
marquées près de sa table ; il alla
dîner, pendant quelque temps,
dans un petit bouillon près de la
Croix Rouge. Cet établissement était
généralement fréquenté par des
gens âgés, par de vieilles dames
qui venaient, chaque jour, à six heures moins le quart, et la tranquillité
de la petite salle le dédommageait
de la monotonie de la nourriture.
On eût dit de gens sans famille,
sans amitiés, cherchant des coins
un peu sombres pour expédier, en
silence, une corvée, et M. Folantin

se trouvait plus à l'aise dans ce monde de deshérités, de gens discrets et polis, ayant sans doute connu des jours meilleurs et des soirs plus remplis. Il les connaissait presque tous de vue et il se sentait des affinités avec ces passants, qui hésitaient à choisir un plat sur la carte, qui émiettaient leur pain et buvaient à peine, apportant avec le délabrement de leur estomac, la douloureuse lassitude des existences traînées sans espoir et sans but.

Là, pas d'appels bruyants, pas de cris ; les servantes consultaient les clients à voix basse. Mais si aucune de ces dames, aucun de ces messieurs, n'échangeait un propos tous du moins se saluaient gracieusement, en entrant et en sortant, et ils apportaient des habitudes de salon dans cette gargote.

Je suis encore plus heureux que tout ce monde-là, se disait M. Folantin. Eux regrettent peut-être des enfants, des femmes, une fortune perdue, une vie jadis debout et maintenant par terre.

A force de plaindre les autres, il finit par se moins plaindre ; il rentrait chez lui et pensait tout de même que ses détresses étaient bien creuses et ses misères bien peu profondes. — Combien d'individus, à l'heure qu'il est, arpentent le pavé, sans gîte ; combien envieraient mon grand fauteuil, mon feu, mon paquet de tabac où je peux puiser à ma fantaisie ! et il activait les flammes de la cheminée, rôtissait ses pan-

touffes, confectionnait des grogs
dorés et chauds. — S'il paraissait en
librairie des livres réellement artis-
tes, la vie serait, en somme, très
supportable, concluait-il.

Plusieurs semaines s'écoulèrent
ainsi, et son collègue de bureau déclara que M. Folantin rajeunissait.
Il causait maintenant, écoutait avec
une patience angélique tous les pa-
potages, s'intéressait même aux in-
firmités de son copin ; puis, avec
le froid qui commençait, l'appétit
agissait plus régulièrement, et il
attribuait cette amélioration aux
vins créosotés et aux préparations
de manganèse qu'il absorbait. —
J'ai donc enfin expérimenté une mé-
dication moins infidèle et plus active
que les autres, pensait-il. Et il

la recommandait à toutes les personnes qu'il rencontrait.

Il atteignit ainsi l'hiver ; mais,
aux premières neiges, sa mélancolie
reparut. Le bouillon où il station-
nait depuis l'automne le lassa et il
recommença à brouter, au hasard,
tantôt ici et tantôt là. Plusieurs
fois il franchit les ponts et tenta de
nouveaux restaurants ; mais, dans
une bousculade, des garçons filaient,
ne répondant pas aux appels ou bien
ils vous lançaient votre plat sur la
table et fuyaient quand on leur réclamait du pain.

La nourriture n'était pas supé-
rieure à celle de la rive gauche et
le service était arrogant et déri-
soire. M. Folantin se le tint pour
dit et il resta désormais dans son

arrondissement, bien résolu à ne plus en démarer.

Le manque d'appétit lui revint. Il constata une fois de plus l'inutilité des stomachiques et des stimulants, et les remèdes qu'il avait tant prônés allèrent rejoindre les autres, dans une armoire.

Que faire ? La semaine s'égouttait encore, mais c'était le dimanche qui lui pesait.

Jadis, il badaudait dans des quartiers déserts ; il se plaisait à longer les ruelles oubliées, les rues provinciales et pauvres, à surprendre, par les fenêtres des rez-de-chaussée, les mystères des petits ménages. Mais, aujourd'hui, les rues calmes et muettes étaient démolies, les passages curieux, rasés. Impos-

sible de regarder par les portes
entr'ouvertes des vieilles bâtisses,
d'apercevoir un bout de jardinet, une
margelle de puits, un coin de banc ;
impossible de se dire que la vie serait moins rechignée, moins rogue,
dans cette cour, de rêver à l'époque
où l'on pourrait se retirer dans ce
silence et réchauffer sa vieillesse
dans de l'air plus tiède.

Tout avait disparu ; plus de feuil-
lages de massifs, plus d'arbres, mais
d'interminables casernes s'étendant
à perte de vue ; et M. Folantin su-
bissait dans ce Paris nouveau une
impression de malaise et d'angoisse.

Il était l'homme qui détestait les
magasins de luxe, qui, pour rien au
monde, n'eut mis les pieds chez un
coiffeur élégant ou chez un de ces

modernes épiciers dont les montres
ruissellent de gaz ; il n'aimait que les
anciennes et simples boutiques où l'on
était reçu à la bonne franquette, où le
marchand n'essayait pas de vous
jeter de la poudre aux yeux et de
vous humilier par sa fortune.

Aussi avait-il renoncé à se prome-
ner, le dimanche, dans tout ce luxe
de mauvais goût qui envahissait
jusqu'aux banlieues. D'ailleurs, les
flânes dans Paris ne le tonifiaient
plus comme autrefois ; il se trouvait
encore plus chétif, plus petit, plus
perdu, plus seul, au milieu de ces
hautes maisons dont les vestibules
sont vêtus de marbre et dont les
insolentes loges de concierge arbo-
rent des allures de salons bour-
geois.

Pourtant, une partie de son quartier demeurée intacte, près du Luxembourg mutilé, était restée pour lui bienveillante et intime : la place Saint-Sulpice.

Parfois, il déjeunait chez un marchand de vins dont la boutique faisait l'angle de la rue du Vieux-Colombier et de la rue Bonaparte, et là, à l'entresol, par la fenêtre, il plongeait sur la place, contemplait la sortie de la messe, les enfants descendant du parvis, des livres à la main, un peu en avant des père et mère, toute la foule qui s'épandait autour d'une fontaine décorée d'évêques, assis dans des niches, et de lions accroupis au-dessus d'une vasque,

En se penchant un peu sur la ba-

lustrade, il apercevait le coin de la
rue Saint-Sulpice, un terrible coin,
balayé par le vent de la rue Férou
et occupé, lui aussi, par un marchand
de vins qui possédait la clientèle
assoiffée des organistes. Et cette
partie de la place l'intéressait, avec
sa vue de gens vacillant sur leurs
pieds, la main au chapeau, sous la
tourmente, près des grands omnibus
de la Villette, dont les larges caisses
rouge-brun s'alignent, au ras du
trottoir, devant l'église.

La place s'animait, mais sans
gaieté et sans fracas; les flacres dor-
maient à la station, devant un cabi-
net à cinq centimes et un trinck-
hall; les énormes omnibus jaunes
des Batignolles sillonnaient, en bal-
lottant les rues, croisés par le petit

omnibus vert du Panthéon et par la
pâle voiture à deux chevaux d'Au-
teuil ; à midi, les séminaristes défi-
laient, deux à deux, les yeux baissés, avec un pas mécanique d'auto-
mates, se déroulant de Saint-Sulpice
au séminaire, en une longue bande
noire et blanche.

Sous un coup de soleil, la place
devenait charmante : les tours iné-
gales de l'église blondissaient, l'or
des annonces pétillait tout le long
des débits de chasubles et de saints
ciboires, le vaste tableau d'un démé-
nageur avivait ses couleurs, qui
éclataient plus crues, et, sur l'ar-
mure d'un urinoir, une réclame de
teinturier : deux chapeaux écarla-
tes, jaillissant sur un fond noir, évo-
quaient, dans ce quartier de bedeaux

et de dévotes, les fastes d'une religion, les hautes dignités d'un sacerdoce.

Seùlement, ce spectacle n'offrait à M. Folantin aucun imprévu. Combien de fois, dans sa jeunesse, avait-il piétiné sur cette place, afin dè regarder le vieux sanglier que possédait autrefois la maison Bailly ; combien de fois, le soir, avait-il écouté la complainte d'un chanteur en plein vent, près de la fontaine ; combien de fois avait-il flâné, les jours de marché aux fleurs, près du séminaire ?

Depuis longtemps déjà, il avait épuisé le charme de ce lieu tranquille ; pour le savouver à nouveau, il fallait maintenant qu'il espaçât ses visites, qu'il ne le parcourût qu'à de rares intervalles.

Aussi, la place Saint-Sulpice ne lui était-elle plus d'aucun secours le dimanche et il préférait les autres jours de la semaine, car, allant à son bureau, il était moins désœuvré ; ah ! décidément, le dimanche devenait interminable ! Ce matin-là, il déjeunait un peu plus tard que de coutume et il s'éternisait à table, pour laisser au portier le temps de nettoyer la chambre, et jamais, elle n'était rangée quand il revenait ; il butait contre les tapis en rouleaux, et il avançait dans le nuage soulevé par les balais. Une, deux, le pipelet retapait les draps, étendait les tapis et il partait sous prétexte qu'il ne voulait pas déranger monsieur.

M. Folantin récoltait de la poussière sur tous les meubles avec ses doigts, rangeait ses habits entassés sur un fauteuil, envoyait çà et là un coup de plumeau et remettait de la cendre dans son crachoir ; ensuite, il comptait le linge que rapportait parfois la blanchisseuse ; et un tel dégoût l'assaillait à la vue de la charpie de ses chemises, qu'il les fichait, sans plus les examiner, dans un tiroir.

La journée s'égrappait encore facilement jusqu'à quatre heures. Il relisait de vieilles lettres de parents et d'amis depuis longtemps morts ; il feuilletait quelques-uns de ses livres, en dégustait quelques passages, mais vers les cinq heures, il commençait à souffrir ; le moment approchait où il allait falloir se rhabiller ; l'idée seule de déguerpir lui réprimait la faim, et, certains dimanches, il ne bougeait pas — ou bien, s'il appréhendait un tardif appétit, il descendait en pantoufles et il acquérait deux petits pains, un pâté ou des sardines. Il avait toujours un peu de chocolat et de vin dans un placard et il mangeait, heureux d'être chez lui, de jouer des coudes, de s'étaler, d'éviter, pour une fois, la place restreinte d'un restaurant; seulement, la nuit était mauvaise; il se réveillait, en sursaut, avec des tiraillements et des frissons; quelquefois l'insomnie durait une heure, et l'obscurité animant toutes les idées tristes, il se rabâchait les mêmes plaintes que dans le jour et il en arrivait à regretter de n'être pas un concubin.

Le mariage est impossible, à mon
âge, se disait-il. — Ah! si j'avais
eu, dans ma jeunesse, une maîtresse
et si je l'avais conservée, je finirais
mes années avec elle, j'aurais, à
mon retour ma lampe allumée et
ma cuisine prête. Si la vie était
à recommencer, je la mènerais
autrement! je me ferais une alliée
pour mes vieux jours ; décidément,
j'ai trop présumé de mes forces, je
suis à bout. — Et, le matin venu, il
se levait les jambes brisées, la tête
étourdie et molle.

Le moment était du reste pénible;
l'hiver sévissait maintenant et le
froid de la bise rendait enviable le
chez soi et odieux le séjour des
traiteurs dont on ouvre constam-
ment les portes. Tout à coup, un

grand espoir bouleversa M. Folantin. Un matin, dans la rue de Grenelle, il avisa une nouvelle pâtisserie qui s'installait. Cette inscription flambait, en lettres de cuivre, sur les carreaux : « Dîners pour la ville. »

M. Folantin eut un éblouissement. Est-ce que ce rêve si longtemps caressé de se faire monter à dîner chez soi, allait pouvoir enfin se réaliser ?—Mais il resta découragé, se rappelant ses inutiles chasses dans le quartier, à la recherche d'un établissement qui consentît à porter au-dehors de la nourriture.

Ça ne coûte rien de demander, se dit-il enfin, et il entra.

— Mais certainement, Monsieur, lui répondit une jeune dame enfouie dans un comptoir et dont le buste était entouré de St-Honoré et de tartes. Rien n'est plus facile, puisque vous logez à deux pas. Et à quelle heure désirez-vous qu'on vienne?

— A six heures, fit M. Folantin, tout palpitant.

— Parfaitement.

Le front de M. Folantin s'assombrit. — Maintenant, reprit-il, en bredouillant un peu, voilà, je voudrais un potage, un plat de viande et un légume, quel serait le prix?

La dame parut s'absorber dans des réflexions, murmurant, les yeux au ciel... potage... viande... légume. — Vous ne prenez pas de vin?

— Non, j'en ai chez moi.

— Eh bien, Monsieur, dans ces conditions-là, ce serait deux francs.

La figure de M. Folantin s'éclaira.

— Soit, dit-il, c'est convenu; et quand pourrons-nous commencer?

— Mais quand il vous plaira, ce soir, si vous voulez.

— Ce soir même, Madame. — Et il s'inclina et fut salué par une courbette si profonde, dans le comptoir, que le nez de la dame faillit creuser St-Honoré et percer les tartes.

Dans la rue, M. Folantin s'arrêta, après quelques pas. Ça y est, en voilà une chance, se dit-il; puis, sa joie se modéra. Pourvu que cette boustifaille ne soit que médiocre. Baste! j'ai subi, dans ma pauvre vie, tant d'exécrables plats que je

n'ai pas le droit de me montrer difficile.—Elle est gentille, cette dame,
reprit-il ; ce n'est pas qu'elle soit
jolie, mais elle a des yeux bien
expressifs ; pourvu qu'elle fasse de
bonnes affaires ! Et, tout en reprenant sa trotte, il souhaita la prospérité de la pâtissière.

Ensuite, il s'ingénia à parer au
désordre du premier soir ; il com-
manda chez un épicier six litres
de vin, puis, quand il fut arrivé à
son bureau, il établit une petite
liste des denrées qu'il achèterait :

Confitures ;
Fromage ;
Biscuits ;
Sel ;
Poivre ;
Moutarde ;

Vinaigre ;

Huile.

Je ferai monter, tous les jours, le pain par mon concierge ; ah ! sapristi, si ça peut réussir, je suis sauvé !

Il aspira après la fin de la journée ; sa hâte à jouir de son contentement, tout seul, retardait encore la marche des heures.

Il consultait de temps à autre sa montre.

Son collègue, qu'avait déjà stupéfié l'air extatique de M. Folantin, rêvant à son intérieur, sourit :

— Avouez qu'elle vous attend, dit-il.

— Qui ça, elle ? interrogea M. Folantin, très étonné.

— Allons, c'est bon, vous voulez

apprendre à un vieux singe à faire
des grimaces. Voyons, blague à
part, elle est blonde ou brune ?

— Oh ! mon ami, répliqua M. Folantin, je puis vous assurer que j'ai
vraiment autre chose à penser qu'aux
femmes.

— Oui, oui... je sais bien, ça se
dit. Ah ! ah ! farceur, vous êtes encore un chaud de la pince, vous !

— Tenez, messieurs, copiez cela,
tout de suite ; il me faut ces deux
lettres pour la signature de ce soir ;
et le chef entra et disparut.

— C'est absurde, il y en a quatre
pages serrées, grogna M. Folantin ;
je n'aurai pas fini avant cinq heures.
— Mon Dieu, que c'est donc bête !
reprit-il, s'adressant à son collègue
qui ricanait, tout en murmurant :

Dame ! mon cher, l'administration ne peut pourtant pas s'occuper de ces détails.

Tant bien que mal, tout en maugréant, il termina sa tâche, puis il retourna chez lui par la voie la plus courte, les bras chargés de paquets, les poches bourrées de sacs ; il respira, une fois enfermé, mit ses chaussons, donna un coup de serviette au peu de vaisselle qu'il possédait, essuya ses verres et, ne trouvant ni planchette ni grès pour récurer les lames de ses couteaux, il les plongea dans la terre d'un vieux pot de fleur et parvint à les faire un peu reluire.

— Ouf ! dit-il en approchant la table du feu, je suis prêt ; six heures tintèrent.

M. Folantin attendait le mitron
avec impatience, et il avait un peu
en lui de cette fièvre qui l'empê-
chait, dans sa jeunesse, de tenir en
place, quand un ami s'attardait,
inexact au rendez-vous.

Enfin, à six heures un quart, la
sonnette carillonna et un galopin
s'avança entraîné, le nez en avant,
par le poids d'une grande boîte en
fer-blanc, de la forme d'un seau;
M. Folantin aida à distribuer sur la
table les assiettes, qu'il découvrit
lorsqu'il fut seul. Il y avait un
bouillon au tapioca, un veau braisé,
un choux-fleur à la sauce blanche.

— Mais ce n'est pas mauvais, se
dit-il en goûtant à chacun de ces
plats, et il se gava de bon appétit,
but un peu plus que de coutume,

puis il tomba dans une douce rêve-
rie en contemplant sa chambre.

Depuis des années, il manifestait
l'intention de la décorer, mais il se
répétait : Baste ! à quoi bon ? je ne
vis pas chez moi ; si plus tard je puis
m'arranger une autre existence,
j'organiserai mon intérieur. Mais
tout en n'achetant rien, il avait déjà
jeté son dévolu sur bien des bibelots
qu'il reluquait, en rôdant sur les
quais et dans la rue de Rennes.

L'idée d'habiller les murs glacés
de sa chambre s'implanta tout à
coup en lui, tandis qu'il lampait un
dernier verre. Son indécision cessait ; il était déterminé à dépenser
les quelques sous qu'il entassait
depuis des années dans ce but,
et il eut une soirée charmante,

réglant d'avance la toilette de son réduit. Je me lèverai demain de bonne heure, conclua-t-il, et j'irai tout d'abord faire un tour chez les marchands de nouveautés et les bric-à-brac.

Son désœuvrement prenait fin ; un nouvel intérêt se glissait en lui ; la préoccupation de découvrir, sans trop dépenser d'argent, quelques gravures, quelques faïences, le soutenait et, après son bureau, il déployait une hâte fébrile, escaladait les étages du Bon marché et du Petit Saint-Thomas, remuant des masses d'étoffes, les trouvant trop foncées ou trop claires, trop étroites ou trop larges, refusant les rebuts et les soldes que les calicots s'efforçaient de tarir, les obligeant à exhiber des marchandises qu'ils réservaient. A force de les tanner, de les tenir en haleine, pendant des heures, il finit par se faire montrer des rideaux tout faits et des tapis qui le séduisirent.

Après ces emplettes et après de féroces discussions chez les débitants de bibelots et d'estampes, il demeura sans le sou ; toutes ses économies étaient épuisées, mais, comme un enfant à qui l'on vient d'offrir de nouveaux jouets, M. Folantin examinait, remuait ses achats dans tous les sens. Il grimpait sur les chaises pour attacher les cadres et il disposait ses livres en un autre ordre, L'on est bien chez soi, se disait-il ; et, en effet, sa chambre n'était plus reconnaissable. Au lieu de murailles aux papiers éraillés par d'anciennes traces de clous, les cloisons disparaissaient sous les gravures d'Ostade, de Teniers, de tous les peintres de la vie réelle dont il raffolait. Un amateur eût certainement haussé les épaules devant ces estampes sans aucune marge, mais M. Folantin n'était ni connaisseur, ni riche ; il acquérait surtout les sujets de la vie humble qui lui plaisaient, et il se moquait d'ailleurs de l'authenticité de ses vieux plats, pourvu que les couleurs en fussent actives et propres à égayer ses murs.

— Il aurait fallu changer aussi mes meubles d'acajou, se dit-il, considérant son lit à bateau, ses deux voltaires au damas roussi, sa toi-

lette au marbre fendu, sa table
au plaqué rougeâtre, mais ce serait
trop cher, et du reste les rideaux
et les tapis rajeunissent suffisam-
ment ce mobilier qui, de même que
mes vieux vêtements, est fait à mes
mouvements, et à mes habitudes.

Aussi quel empressement à rentrer maintenant chez lui, à éclairer
tout, à s'enfoncer dans son fauteuil !
le froid lui semblait parqué au dehors, repoussé par cette intimité de
petit coin choyé, et la neige qui
tombait, qui assoupissait tous les
bruits de la rue, ajoutait encore à
son bien-être ; dans le silence du
soir, le dîner, les pieds devant le
feu, tandis que les assiettes chauffaient devant la grille, près du vin
dégourdi, était charmant, et les

ennuis du bureau, la tristesse du
célibat s'envolaient dans cette paci-
fiante quiétude.

Sans doute, huit jours ne s'étaient
pas écoulés et déjà le pâtissier se
relâchait. L'invariable tapioca était
plein de grumeaux et le bouillon
était fabriqué par des procédés chi-
miques ; la sauce des viandes puait
l'aigre madère des restaurants, tous
les mets avaient un goût à part, un
goût indéfinissable, tenant de la
colle de pâte un peu piquée, et du
vinaigre éventé et chaud. M. Folantin poivra vigoureusement sa
viande et sinapisa ses sauces ; baste !
ça s'avale tout de même, disait-il ;
le tout, c'est de se faire à cette
mangeaille !

Mais la mauvaise qualité des plats

ne devait pas rester stationnaire
et, peu à peu, elle s'accéléra, encore
aggravée par les constants retards
du petit mitron. Il arrivait à sept
heures, couvert de neige, son réchaud
éteint, des pochons sur les yeux et des
égratignures tout le long des joues.
M. Folantin ne pouvait douter que
ce garçon déposât sa boîte auprès
d'une borne et se flanquât une pile
en règle avec les gamins de son âge.
Il lui en fit doucement l'observa-
tion ; l'autre pleurnicha, jura, en
étendant les bras et en crachant
par terre, un pied en avant, qu'il
n'en était rien et continua de plus
belle ; et M. Folantin se tut, pris de
pitié, n'osant se plaindre à la pâtissière, de peur de nuire à l'avenir
du gosse.

Pendant un mois encore, il supporta vaillamment tous ces déboires ; et pourtant le cœur lui défaillait quand il devait ramasser sa viande tombée dans le fer-blanc, car il y avait des jours où une tempête semblait s'être abattue dans la boîte, où tout était sens dessus dessous, où la sauce blanche se mêlait au tapioca, dans lequel s'enlisaient des braises.

Il eut heureusement un temps de répit ; le petit pâtissier avait été congédié, sur les plaintes sans doute de personnes moins indulgentes. Son successeur fut un long dadais, une sorte de jocrisse au teint blême et aux grandes mains rouges. Celui-là était exact, arrivait à six heures précises, mais sa saleté était répugnante ; il était vêtu de torchons de cuisine roides de graisse et de crasse, ses joues étaient barbouillées de farine et de suie et son nez, mal mouché, coulait en deux vertes rigoles tout le long de la bouche.

M. Folantin para énergiquement ce nouveau coup ; il renonça aux sauces, aux assiettes maculées ; il transféra sa viande sur une assiette à lui, la racla, la nettoya et la mangea avec du sel.

En dépit de sa résignation, le moment vint où certains plats lui donnèrent des nausées. Il tâtait maintenant de tous les godiveaux ratés, de toutes les pâtisseries brûlées ou gâtées par les cendres ; il pêchait de vieilles boulettes de tourtes dans tous les plats ; enhardi par sa bienveillance, le pâtissier mettait de côté toute pudeur, toute vergogne et lui dépêchait tous les résidus de sa cuisine.

— L'empoisonneuse ! murmurait M. Folantin, devant la boutique de la pâtissière, qu'il ne jugeait plus si gentille, et il la regardait de côté, ne souhaitant plus du tout, à l'heure présente, la prospérité de ses affaires.

Il eut recours aux œufs durs. Il en achetait chaque jour, redoutant, pour le soir, un dîner impossible. — Et quotidiennement il se bourra de salades ; mais les œufs putridaient, la fruitière lui vendant, en sa qualité d'homme qui ne s'y connaissait pas, les œufs les plus avariés de sa boutique.

Tâchons d'atteindre le printemps, se disait M. Folantin pour se remonter; mais, de semaines en semaines, son énergie se désarmait, en même temps que son corps, déplorablement nourri, criait famine. Sa gaieté s'effondra; son intérieur se rembrunit; le cortége des anciennes détresses cerna de nouveau son existence désœuvrée. Si j'avais une passion quelconque; si j'aimais les femmes, le bureau, si j'aimais le café, le domino, les cartes, je pourrais bouffer au dehors, ruminait-il, car je ne resterais jamais chez moi. Mais hélas! rien ne me divertit, rien ne m'intéresse; et puis mon estomac se détraque! Ah! c'est pas pour dire, mais les gens qui ont dans leur poche de quoi s'alimenter et qui ne peuvent cependant manger, faute d'appétit, sont tout aussi à plaindre que les malheureux qui n'ont pas le sou pour apaiser leur faim!

IV

Un soir qu'il chippotait des œufs qui sentaient la vesse, le concierge lui présenta une lettre de faire part ainsi conçue:

✝

Les religieuses de la Compagnie de
Ste. Agathe vous supplient très humblement
de recommander à Dieu dans vos prières et

11.

au Saint Sacrifice de la Messe, l'âme de leur chère sœur Ursule, Aurélie Bougeard, religieuse de chœur, décédée, le 7 septembre 1880, dans la soixante deuxième année de son âge et la trente-cinquième de sa profession religieuse, munie des Sacrements de Notre Ste-Mère l'Eglise.

De profundis !
Doux cœur de Marie, soyez mon salut !
(300 jours d'ind.)

C'était une cousine à lui qu'il avait autrefois aperçue, dans son enfance; jamais, depuis vingt ans, il n'avait songé à elle et la mort de cette femme lui porta cependant un grand coup; elle était sa dernière parente et il se crut encore plus esseulé depuis qu'elle était décédée, dans le fond d'une province. Il envia sa vie calme et muette et il regretta la foi

qu'il avait perdue. Quelle occupa-
tion que la prière, quel passe-temps
que la confession, quels débouchés
que les pratiques d'un culte ! — Le
soir, on va à l'église, on s'abîme
dans la contemplation et les misères,
de la vie sont de peu ; puis les dimanches s'égouttent dans la lon-
gueur des offices, dans l'alanguisse-
ment des cantiques et dès vêpres, car
le spleen n'a pas de prise sur les âmes
pieuses. Oui, mais pourquoi la religion consolatrice n'est-elle faite que
pour les pauvres d'esprit? Pourquoi
l'Église a-t-elle voulu ériger en arti-
cles de foi, les croyances les plus
absurdes. Je ne puis cependant ad-
mettre, ni la virginité d'une accou-
chée, ni la divinité d'un comestible
qu'on prépare chez un fabricant de

pâtes, se disait-il; enfin, l'intolérance du clergé, le révoltait. Et pourtant le mysticisme pourrait seul panser la plaie qui me tire. — C'est égal, on a tort de démontrer aux fidèles l'inanité de leurs adorations, car ceux-là sont heureux qui acceptent comme une épreuve passagère, toutes les traverses, toutes les souffrances, toutes les afflictions de la vie présente. — Ah! la tante Ursule a dû mourir sans regrets, persuadée que des allégresses infinies allaient éclore!

Il pensa à elle, tâcha de se rappeler ses traits, mais sa mémoire n'en avait gardé aucune trace; alors, pour se rapprocher un peu d'elle, pour s'immiscer un peu dans l'existence qu'elle avait menée, il relut le mystérieux et pénétrant chapitre des *Misérables*, sur le couvent du Petit-Picpus.

— Pristi! c'est payer cher l'improbable bonheur d'une vie future, se dit-il. Le couvent lui apparut comme une maison de force, comme un lieu de désolation et de terreur. Ah bien, pas de ça! je ne jalouse plus le sort de la tante Ursule; mais c'est égal, les malheurs de l'un ne consolent pas les malheurs de l'autre et, en attendant, la boustifaille du pâtissier devient inabordable.

Deux jours après, il reçut, en plein crâne, une nouvelle douche.

Pour faire diversion aux dîners composés de salades et de desserts, il retourna dans un restaurant; il n'y avait personne, mais le service était lent et le vin fleurait la benzine.

— Enfin, l'on n'est pas foulé, c'est déjà quelque chose, se dit, en guise de consolation, M. Folantin.

La porte s'ouvrit, un soufflet lui éventa le dos, il entendit un grand frou-frou de jupes et sa table se couvrit d'ombre. Une femme était devant lui, qui dérangeait la chaise sur les barreaux de laquelle il appuyait ses pieds. Elle s'assit, et posa sa voilette et ses gants près de son verre.

— Que le diable l'emporte, grommela-t-il, elle n'a que l'embarras du choix, toutes les tables sont vides ; et elle vient, juste, s'installer à la mienne !

Machinalement, il leva les yeux, qu'il tenait baissés sur son assiette, et il ne put s'empêcher d'inspecter sa voisine. Elle avait une figuredepetitsinge, une margoulette fripée, avec une bouche un peu grande marchant sous un nez retroussé, et de toutes petites moustaches noires au bout des lèvres ; malgré ses airs folichons, elle lui sembla cependant polie et réservée.

Elle lui dardait de temps à autre un coup d'œil et, d'une voix très douce, le priait de lui passer la carafe ou le pain. En dépit de sa timidité, M. Folantin dut répondre à quelques questions qu'elle lui lança; peu à peu la conversation s'était engagée, et, au dessert, ils déploraient, ne sachant trop quoi dire, l'aigre bise qui sifflait au dehors et se glissait sous la porte, en leur glaçant les jambes.

— C'est des temps où il ferait bon de ne pas coucher seul, fit la femme d'un ton rêveur.

Cette réflexion abasourdit M. Folantin, qui ne crut pas devoir répondre.

— N'est-ce pas, Monsieur, reprit-elle ?

— Mon Dieu !... Mademoiselle... et, comme un poltron qui jette ses armes, pour ne pas engager une lutte avec son adversaire, M. Folantin avoua sa continence, son peu de besoins, son désir de tranquillité charnelle.

— Avec ça ! dit-elle, en le regardant bien dans les yeux.

Il se troubla, d'autant que le corsage qu'elle avançait exhalait un arôme de new-mown-hay et d'ambre.

— Je n'ai plus vingt ans, et, ma foi, je n'ai plus de prétentions — si j'en ai jamais eues ; ce n'est plus de mon âge. Et il désigna sa tête chauve, son teint plombé, ses vêtements qui n'appartenaient plus à aucune mode.

— Laissez donc, vous voulez rire, vous vous faites plus vieux que vous n'êtes; — et elle avait ajouté qu'elle n'aimait pas les jeunes gens, qu'elle préférait les hommes mûrs, parce que ceux-là savent se conduire avec une femme.

— Sans doute... sans doute, balbutia M. Folantin, qui demanda l'addition ; la femme ne tira pas son porte-monnaie, et il comprit qu'il fallait s'exécuter. Il solda au garçon, railleur, le prix des deux dîners et il s'apprêtait à saluer la femme, sur le seuil de la porte, lorsqu'elle lui prit tranquillement le bras.

— Tu m'emmènes, dis, monsieur?

Il chercha des échappatoires, des excuses pour éviter ce mauvais pas, mais il s'embrouillait, il faiblissait sous les yeux de cette femme dont la parfumerie lui serrait les tempes.

— Je ne puis, finit-il par répondre, on n'amène pas de femmes dans ma maison.

— Alors, venez chez moi, — et elle se pressa contre lui, jacassa et allégua qu'elle avait un bon feu dans sa chambre — Puis, voyant la morne attitude de M. Folantin, elle soupira : Alors je ne vous plais pas ?

— Mais si, Madame... mais si... seulement on peut trouver une femme charmante et ne point...

Elle se mit à rire. Est-il drôle ! dit-elle, et elle l'embrassa.

M. Folantin eut honte de ce baiser, en pleine rue ; il eut la perception du grotesque que dégageait un vieil homme boiteux choyé publiquement par une fille. Il allongea les jambes, voulant se soustraire à ces caresses et craignant en même temps, s'il essayait de fuir, une scène ridicule qui ameuterait le monde.

C'est ici, dit-elle, et elle le poussa légèrement, marchant derrière lui,

lui barrant la retraite. Il monta jusqu'à un troisième et, contrairement aux affirmations de cette femme, il ne vit aucun feu allumé chez elle.

Il regarda, très penaud, la chambre dont les murs semblaient trembler, à la lueur vacillante d'une bougie ; une chambre aux meubles couverts de laine bleue et au divan tapissé d'algérienne. Une bottine crottée traînait sous une chaise et une pincette de cuisine lui faisait vis-à-vis sous une table; çà et là, des réclames de marchands de semouille, de chastes chromos représentant des babys barbouillés de soupe, étaient piquées sur le mur par des épingles; le pied d'un gueux apparaissait sous la trappe mal baissée de la cheminée, sur le faux marbre de laquelle s'étalaient, près d'un réveil-matin et d'un verre où l'on avait bu, de la pommade dans une carte à jouer, du tabac et des cheveux, dans un journal.

— Mets-toi donc à ton aise, fit la femme, et malgré son refus de se dévêtir, elle saisit les manches de son pardessus et s'empara de son chapeau.

— J. F., je parie que tu t'appelles Jules, dit-elle, en regardant les lettres de la coiffe.

— Il confessa se nommer Jean.

— C'est pas un vilain nom ; dis donc!... et elle le força à s'asseoir sur un canapé et sauta sur ses genoux.

— Dis donc, chéri, qu'est-ce que

tu vas me donner pour mes petits gants ?

M. Folantin sortit péniblement
une pièce de cent sous de sa poche
et elle la fit prestement disparaître.

— Voyons, tu peux bien m'en donner une autre, je me déshabillerai,
tu verras, comme je serai gentille.

M. Folantin céda, tout en décla-
rant qu'il préférait qu'elle ne fût
pas nue, et alors elle l'embrassa si
habilement qu'une bouffée de jeunesse lui revint, qu'il oublia ses résolutions et perdit la tête; puis à un
moment, comme il tardait, tout en
s'empressant. — Ne t'occupe pas de
moi... dit-elle, ne t'occupe pas de
moi.... fais ton affaire.

. . . .

M. Folantin descendit de chez cette fille, profondément écœuré et, tout en s'acheminant vers son domicile, il embrassa d'un coup d'œil l'horizon désolé de la vie ; il comprit l'inutilité des changements de routes, la stérilité des élans et des efforts ; il faut se laisser aller à vau-l'eau ; Schopenhauer a raison, se dit-il, « la vie de l'homme oscille comme une pendule entre la douleur et l'ennui ; » aussi n'est-ce point la peine de tenter d'accélérer ou de retarder la marche du balancier ; il n'y a qu'à se croiser les bras et à tâcher de dormir ; mal m'en a pris d'avoir voulu renouveler les actes du temps passé, d'avoir voulu aller au théâtre, fumer un bon cigare, avaler des fortifiants et visiter une femme ; mal m'en a pris de quitter un mauvais restaurant pour en parcourir de non moins mauvais, et tout cela pour échouer dans les sales vol-au-vent d'un pâtissier !

Tout en raisonnant de la sorte, il était arrivé devant sa maison. Tiens, je n'ai pas d'allumettes, se dit-il, en fouillant ses poches, dans l'escalier ; il pénétra dans sa chambre, un souffle froid lui glaça la face et, tout en s'avançant dans le noir, il soupira : le plus simple est encore de rentrer à la vieille gargote, de retourner demain à l'affreux bercail. Allons, décidément, le mieux n'existe pas pour les gens sans le sou ; seul, le pire arrive.

FIN.

ACHEVÉ D'IMPRIMER

le 12 janvier 1882.

PAR A. LEFÈVRE, A BRUXELLES

FABRILITER

POUR

Henry KISTEMAECKERS, Éditeur

à Bruxelles.

www.ingramcontent.com/pod-product-compliance
Lightning Source LLC
Chambersburg PA
CBHW070816250626
47170CB00006B/2129